レジリエンス

南原充士

思潮社

レジリエンス

南原充士

思潮社

目次

装幀＝思潮社装幀室

レジリエンス

歌

粗密な天体の網状のからまり
鋏で切れるものは何ですか
ミルフィーユを食べると夢見がいいです

乾いた涙を福笑いに貼り付けます
迷子になった子供は夜中に地図のお化けに追いかけられます
問い続けられてきた問いはますます研ぎ澄まされる

不協和音を奏でるうちに血は止まりましたか
食べ残した料理は貘に食べられてしまいました
浩瀚な書物よりずっと重たい闇も何一つ答えない

星たちの老人ホームを慰問しましょうね
好きな食べ物を思い浮かべるとハンモックが揺れ始めます
飽きるほど歌われてきた歌が退屈しきった長大な葬列とともに歩み行く

周期表

突然金属片が吸い寄せられる
引き剝がそうとしてもネオジム磁石が
強力な磁界で引き止める
周期表を見続けた目

海辺の砂を濡らして
巨大な恐竜を作る
豪雨が海面を打ちつけ
悲鳴を上げて逃げ惑う足跡

深く掘り下げられる塩坑

長い滑り台を降りてくるトロッコ
細かく砕かれた結晶が
臙脂色の舌に乗せられる

切り株に突き刺さる斧
だれもいない庭で
一本の亀裂が走ると
遠くで耳鳴りが果てしなく増幅する

錯乱

サブリミナル
胎児の耳に　羊水の揺れに
サブリミナル
小さな指に　つぶった目に
サブリミナル
強い衝撃に　脳波の乱れに
サブリミナル
空腹と　かゆみに
サブリミナル
誕生の瞬間から
大気に投げ出され

泣きながら
育ってきたひとに
サブリミナル
いっせいに襲い掛かる激震
根こそぎにする津波
地図が変わっちまった
集落が消えちまった
ひとがいなくなっちまった
サブリミナル
どこかで見た光景に
あらかじめ震えがとまらなかった
サブリミナル
レスキュー隊のヘリコプターに
救援物資を積んだ車両に
沖合いに錨泊する艦船に
外国からの支援の手に

サブリミナル
むごい映像を見続ける目に
サブリミナル
脳に
サブリミナル
巨大な爆発に
サブリミナル
放射能の拡散に
サブリミナル
たしかな残像に
サブリミナル
闇に
サブリミナル
光に

フォー・シーズンズ

花吹雪　幾重にも重なる映像　止められない風の意地悪
今と言った途端に過ぎ去る音価をつなぎとめる周波数を
繰り返すスパン　強く圧迫すれば厚みは減少するが
逸脱するピクセルは止めどなく波打つ脳細胞の
残滓が悪戯なタンパク質を蓄積することを
背筋を伸ばしてみたところで防げない

子供たちを引率するのは　ホームレスの先生たちです
野ざらしのしゃれこうべを枕に寝ればぐっすり眠れるぞ
口汚い水を飲んでもおなかをこわさないぞ
腐りかけた蛇苺を食べていやなことを忘れよう

熟していない生きとし生けるものはそのままにしておこう
決まりごとはいくつあればいいですか
藪蚊は水溜りに突然変異の卵を大量に産みつける
生き残った子供たちだけが声を上げてはるかな尾瀬を歌う

仕込み杖からは七つの武器が瞬時に機能する風評など
素知らぬ風体でしばし立ち止まって寺の鐘の音に耳を傾ける
おやおや鄙びた村らしき土塀の続く界隈を過ぎ行くとき
目にも留まらぬ速さで投げつけられた手榴弾
すわっ　危うくかわしたものの　雨霰の砲撃　空爆　巡航ミサイル
一切を凌ぎきって姿の見えぬ敵とも知れぬ不確定性原理を耐え忍ぶ
眼前に現れてくる柿が食おうとするたびに消滅するのだけは耐え切れない

かつては大陸につながっていた亜熱帯の島
支配者がめまぐるしく変っても島民は鼻歌を歌ってやり過ごしてきた
今や海面の上昇によって沈みそうな島だが

あちこちから送られてきた雪人形が砂浜に並べて立てられる日には
老若男女の島民と巫女によって招かれた魂たちが
三昼夜歌い踊り続ける　その間だけは　雪の精が
凍れる息を吹きかけ　昼は白く佇み
夜は青白い炎を燃やし　最後の地面に留まり続ける

スライドショー

振り切れた針の延長線上に加速する轟音
揺れ戻るぶらんこがなぎ倒す木偶の列
押し寄せる高波　逃げ惑う生き物たち
映像が全世界へ発信される
モニター画面はひっきりなしに切り替わる
飛行禁止区域で撃墜される戦闘機
デモ隊に向かって発射されるマシンガン
逆回りする編集ソフトをこちらに向かって
突き進んで来る戦車を待ち受ける仕掛け爆弾
観測史上最大の隕石の接近
底なしの沼を潜りはじめた探査艇

だれが見ているのか気にかけることもなしに
掛け値なしの報道写真がオートマチックに
スライドショーをいつまでもくりかえす
事態を追いかけ切れない解説者が
青ざめた表情で専門用語をまくし立てている

外出

よそよそしさの中で　移り行く景色は
交代する　ひとびとはぎこちなく
断片を集めて　こしらえる
のどもとに　突きつける
十年前の　記憶が　更新される
すりかえられる
いっさいの資料は　処分される
音波が　無造作にやってくる
幻影ではないか
この道を歩いていく足は
思い出せない

クローバー

白い　居眠り　黒い　よだれ
緑の　血管　緋色の　涙

風が　聞こえる　腹が　鳴る
ひよこが　歩く　くやしい　真昼

ゆるがせに　はがれ　角質
応急　取って付け　能面

回り込む　尻尾　はさまる　裂け目
冷えすぎた　切っ先　草の露

伝播

忘れられないひとの顔を思い続けて　ほとんど彫像のようにかたちが定まってきたとき　座標軸が折れるように首が折れて　湖の中へと落ちて行った　叫びは湖に吸い込まれ　生み出された波が複雑な波長と振動数を変えながら　湖全体へと伝わっていった　ゆっくり湖へと泳ぎだした体はやわらかに透き通る

世界最古の木造建築をすみからすみまで調査し終えた専門家の書斎には　数限りない図面と写真と模型が置かれていた　描いたばかりのスケッチが無造作に散らばり　拾い上げられては捨てられたりした　今別な場所で若い研究者が最新鋭のソフトを駆使して修復のために必要なあらゆる書類を作成中だった

欧州在住の知り合いはもう何年も古代都市の遺跡調査に取り組んでおり　今

では自分の母国さえ見失うほどに現地に生えている葦として考えに耽っていた
堂々としてはいるが傲慢すぎる建築物はどのように発想され計画されたのだろ
う　復元されたモデルの前で止まってしまった時間の肩をたたいてはみるが

膨大な資料をひもといてみると　おびただしい時間の層が幾重にも重なって
いることに気付く　試みに手ごわそうな地盤の層を発掘すれば化石と名付けら
れる動植物の痕跡が崩れ落ちてくるが　あやうく難を逃れて　時を超えた完全
犯罪が未遂に終わる

褶曲に閉じ込められたつぶやきが　地殻運動のはずみで漏れ出す　委嘱され
た音楽家は言葉を聴き取りメロディーを楽譜に落として　演奏家に渡す　人の
声によって再現が可能になれば　あらゆる方向へ伝播する　化石に触れ　古代
建築をふるわせ　はるばる海を越えて　太古の湖に波を起こす

形態記憶

発達した低気圧が列島に近づくにつれ　雨風が激しくなり　海は大時化となった　土石流は各地に発生し人家を押し流し住民を生き埋めにしあるいは行方不明にした　海上を行く船はぎしぎしと音を立て　浮き上がっては海面に叩きつけられた　三角波をよけきれず船体が真っ二つになった船もあった　速度はおそく勢力は激しく　行きつ戻りつしながら　いたぶるように都会も田舎も山も川も平原もくまなく通り過ぎていった

被害状況はテレビやラジオで常時報告されていたし　インターネットも加わって口コミ情報も多数寄せられた　台風なら進路予想や中心や気圧などが明示されるが　低気圧はあいまいな生滅しかとらえられない　なんでも基準があればそれを当てはめるのはやむをえない　北海道の東方沖合いで消滅するまで

大型台風以上の死傷者、家屋倒壊、床下浸水、農作物ダメージなどが記録されたが　被害救済の観点からは別の基準が適用されるから問題ないといわれた

災害復旧に要する費用を支出する決定をするための煩瑣な手続き　膨大な資料が山と積まれて審査をするだけで一ヶ月　緊急性の高い事案以外は今年度内に事業化されればましで　来年度以降に結論が先延ばしされた　なにものかが低気圧の動きを再生してみせるシミュレーションを　ユーチューブに寄稿した何年もかけて修復される事業をリストアップし　被害にあった現状から復旧までのおおまかなプランを書き上げる　優先順位にしたがって丁寧に仕上げる

衛星写真　航空写真　各種縮尺の地図　復旧予想図　十分なデータの入力が可能にする被害状況の仔細な整理分析　書類が作成され続ける間に　次の低気圧が列島を再び襲ったので　事案処理は複雑化する　年度いっぱい目まぐるしく作業に没頭した人間が　更にもうひとつの低気圧の被害状況をまとめているうちに　事案は複雑化し　間違いだらけの事業管理報告書が提出される　だれかが　責務を全うするとの決意をバネに　失われた地表が復元されるのを待つ

セクステット

限りなく秋を白くして
薄の揺れる原を過ぎゆくとき
今夜の月を待つ影が
めざめの瞳に忍び入る
昨日の足の筋肉の疲れが
待ち合わせを戸惑わせ
引き伸ばされた夏の終わりに
恩寵を与えることを懇願する
一転して熱せられる地上愛
上昇気流をせき止める冷気
もちろんひとりで巡ってきた

去りゆきし場面を復習して
雲を浮かべる空の移ろい
泣き顔を見せないための
リハーサルを繰り返して
豪雨が来れば無彩色の季節が走る
急ごしらえの日程表
まだ筋もセリフも決まっていない

パルス

ガラスを拭く
軍用機のパルスだろうか
花が散っているように見える
汚れが人の顔に変わる

磨けば向こうの屋根がくっきり浮かぶ
隠密裏にも消しつくせない
うすぐらい土に白く降り積もる
笑っているのか泣いているのか

いっせいに風景が流れ始める

かろうじて濁流を逃れて
焦点を合わせきれないまま
画像は無のアーカイブ

ひとりぼっちの部屋で溺れる
任務遂行の報告を目指して
加速度は過ぎ去る
接触したのは夢ではなかったと

家族

休みの日には早く起きて
心を一歩先に近所を
ひとっ走りしてくると
汗ばんだ体がふうふう言う

休みの日には寝坊して
心と体の区別がつかないほど
深い眠りの中で
何もかも忘れてしまいたい

部活に遅れないように
三つも目ざまし時計をかけても
いつも遅刻してしまうけど
今日は部活が休みなんだ

天気もいいし
珍しく三人そろったから
遊園地に出かけよう
いつものように自転車をこいで

本当はゆっくりしたいけど
パパの機嫌を損ねちゃいけないから
自分の中のかわいい女を呼び出して
楽しいようすを取り繕おう

ゲームをやりたいけど

いやだというとパパが怒るから
付き合ってあげるかな
なにか買ってってねだっちゃおうかな

交差点が突然陥没して
土煙が覆い尽くした
視界が晴れると
だれもいない荒れ地に
呼びかける犬の声

どうしたのか記憶が飛んだ
目覚めると全く知らない場所だ
荒れ果てた土地には人影もない
歩こうとして手足の違和感に戸惑う

パパもママもどこへ行ったの?

体中が痛いし
おなかが空いてたまらない
起き上がると翼がはばたくのに驚いた

遠くにかすかに動く猫
振り向けば雀が飛び立つ
なぜか見覚えのあるしぐさだ
物憂い午後が過ぎてゆく

視界の片隅をよぎる影
あれは見知らぬ犬だが
こちらを見続けるのが気になる
コースの定まらない小鳥の飛行も

今までこんな感じがしたことはないよ
ちょっと頑張れば

けっこう高いところまで上れちゃう
一匹の犬と猫がずっとこちらを見ている

奇妙な三角形が少しずつ変形を繰り返す
経験したことのない強風が三角形を崩す
いやむしろ一匹の犬が風に変貌し
一帯を砂嵐で覆い尽くしたのかもしれない

微妙な視線が温めあえば
かろうじて来し方の痕跡を確かめることができる
このやわらかな体毛に包まれても
好色な眼光を募らせるうちに

ああ目開けてらんない
慣れない飛行でくたびれた
もう飛べないよ

重力に任せて落ちていこう

ここには生物は見当たらない
ばらばらになった星座から
漆黒の信号が送られても
無機物同士が長すぎる時をもてあます

竜巻が身ぐるみ剝いで
無形の内面が流れ始める
砂上にくねくねと
細い糸のような線がどこまでも伸びていく

早すぎた埋葬に立ち会う者はいない
いやすでに深層に完全に同化してしまえば
風も吹き上げることはできず
水もまたしみいることはできない

寸劇　老いたる母に

だれかが呼んだ
まだ中間地帯で
さまよっている
半人である旅上

年老いてなにを
見るのかさらに
重なる悲しみを
耐えろとまでも

次第に迫ってくる
その時を思うたび

叫びながら目覚め
狂気へと逃げ込む

乱れがちの息の
弱い声に乗せて
励ましの言葉を
掛けえないまま

膝の痛みが増し
歩くことさえも
ままならなくて
夜も眠れないで

いくつもに分れ
それぞれに流れ
呼び交すことも
できなくなれば

命を与えられて
命を与えもして

尽きようとする
瞬間は見えない

すでに語るべきは
語り負うべき荷は
負い処理すべきは
処理し終わったと

振り返り見ても
逆光がきつくて
何ひとつとして
確かめられない

そろそろその時
一人また一人と
集まる姿が見え
ひとりを囲んで

ああまたこんな
酷い目にあって

胸はつぶれ目は
涙で開けられず

先立つわたしを
許してください
いくつもの逆縁
これが定めなら

行路の途中でも
喜怒哀楽はある
異次元の境界を
すり抜けていく

時間よ　止まれ
残されるこの身
この先どうして
生きていくのか

耐えられない痛み
いくども乗り越え

早すぎる訪れだ
さまよえる幻よ
滅びたわが身に
よりそう　影よ

あらん限りの力を
振り絞ってきたが

筋書きのない劇
登場人物も不定
始まりも終りも
はっきりしない

合唱

三美神の前で裸になってポーズをとっている女たち
（このかたちをなぞれ）
混浴の浴場で寝そべる女たちのポーズ
（このかたちを見よ）
大理石の中で時を過ごすヴィーナスのポーズ
（このかたちを見つけよ）
若いマティスのオダリスクのポーズ
（やがてラインを見つけた）

翼をはばたかせる顔のない女のポーズ
（なにも失うものなどない）
ピカソが破壊したままの人体模型のポーズ
（背を向けて）
コンクリートに埋め込まれた死体のポーズ
（犯人はだれだ）
客を誘いながら飾り窓で生き埋めになった女のポーズ
（ポンペイの灰をどけよ）
ナーガに縁どられた版画に生きる踊り子のポーズ
（触れ合いの技を見よ）

伝楊貴妃の夭夭たる表情を接写する
（言葉もない）

見返る腰の線を引き継いだ女たち
（浮世だねえ）

ダヴィデの上半身をばかでかく作ったミケランジェロ
（見上げるばかりの）

ほっそりとした体を抱きかかえるマリア
（ピエタ）

円盤を投げる若者の回転は終わらない
（いつかは）

武具に身を包めば血が沸き立って

（えいえい）

史実を作らせたナポレオン
（戴冠式）

半獣神に夢を見させる午後
（ピアノを弾いて）

正装した聖徳太子
（想像力を働かせ）

肖像画を並べてみれば
（脈絡はない）

自画像にとどめられた画家の目と手先
（裏を読みとる）

四天王立像にみなぎる力感
（運慶万歳）
ミイラに潜む闇が溶け出す
（その黄金の仮面をどかせ）
巨大な妄想が地上を徘徊する
（春画の覆いが剝がれ落ちる）

復元

ゆらゆらとゆれる川面を見ると
体の中の水が揺れる

たっぷりと水分を補給する朝
六十兆の細胞が目覚める

よみがえる記憶が耳元にざわめき
脆弱な涙腺から塩水があふれ出す

山頂へつづく道は険しく
すべったり転んだりしながら登っていく

空が近づくとひとは遠ざかり
高地から海は間近に迫る

すべては止まれ
散らばるスティル写真

拾った化石に閉じ込められた水滴
人類のクロニクルを飛び越える極氷

不在に向けて押されるシャッター
乾ききった精神を引き抜く

洪水が消し去った村落の地誌を
未来の高等生物が復元する

子供たちの輪

（どっちが早く走れるか）
横になって歩いていく子供たち
（あたし髪編んでもらった）
学校へ向かう子供たち
（ちゅくちゅく）
手をつないで広がって
（らんらん）
ランドセルが揺れて

（おっとっと）
子供の川を縫うように
（こつこつ）
靴音高く追い抜いて
（ねえ）
手と手を
（学校まで）
子供たちがつながった
（あら）
先生たちが校庭に出てくる

（じゃあ）
子供たちが輪になって相談する
（この道をどこまでも行けば）
海までつながる
（船を浮かべる）
帰っておいで
（太平洋に向かって）
海鳥が鳴き交わす
（島影も見えない海の上）
どんどん手がつながれる
（ハワイまで）

マウリの子供たちも
（アメリカ本土まで）
白人のこどもたちも
（大西洋を渡って）
アフロヘアの子供たちも
（つながる）
夜と昼の境目を越えて
（先生は）
唖然として立ち尽くす
（もうすぐ）
四万キロ

（地球を）
四千万人の子供たちが
（ぐるっと）
つないだ

究極の味

この野生のヤギの肉はくさいのでヨモギを添えますか
——とんでもない　そのままで出してください

このホヤは格別の苦味がするので
ポン酢をたっぷり付けますか
——いやいやどうか手を加えないでください

この馴れずしはサバの腐敗臭がきついので
鼻をつまんでご賞味ください
——いいえそこのところがたまりませんよ

この塩辛のようなものは輸入品です
とても口に入れる勇気はありませんよね
——なんであれ食は文化ですから

このチーズは盗品です
レア物であること以外わかりません
——それで十分です

この飲料は禁制品です
命の保証はありません
——美味の追求は命がけです

この煙草のようなものは産地が不明です
どのように吸うのかさえわかりません
——望むところです

吸いましたか
姿が消えましたね

大人の中にいる子供

だんだん顔かたちの変わる金太郎飴を
思いついた箇所で切ってみればさまざまな金太郎が現れる
おいきみはだれだろう見覚えがあるようだが
見つめようとするとたちまちおぼろげになってしまう

一頭の牛の輪郭がズームアップしてくるのを
あやうく避けると座標を見失ってしまって
どちらに向かって走って行ったらいいのか
変換変換変換と震える指先が押し続けて

膨大な数の金太郎飴もどきが錯綜する中を

やけのやんぱち切りかかり引きちぎる
生きのいいうさぎが飛び出してくるのに
見惚れているうちに座標はゆがみはじめる

固有時の勢い余って未来へと飛び出したネズミは
見限って一気に逆方向へと光速に近づいていけば
丸々と太った赤ん坊が乳を吸いながらこちらを見ている
頭を小突いてやればけたたましい声で泣き出す

迷子になったってだれも探しには来れない
極太の飴ん棒を振り回せば粉々に砕け散り
無数の破片が時空せましと漂い始める
ひょっとしてきみたちはいつかの自分だったか

数値化

ひとの心は見えません
だれの心も見えません

電波望遠鏡なら宇宙の果てだって見えるだろう
重力波なら原始の姿も見えるだろう

出来心でした
酒に酔っていて覚えていません
そのときのことはなにも覚えていません

脳波や血流や発汗や目の動きを測れば

こころを図解できる

心神耗弱状態でした
責任能力がありませんでした

ご破算で願いましては
一足す一は二
八百引く八百は零

なんでも数値化できますよ

からだはみんな似たものだけど
心は見られちゃ大変だ

うーん　証拠不十分　請求棄却だ

抜け殻

口臭を消すために口をふさぎ
腋臭を消すために腋を削った
汗を抑えるために毛を抜いた
栄養補給は点滴にした
部屋中に香料をしみこませ
強烈な換気扇を据え付けた
シャワーをひっきりなしに浴びて
こまめに着替えた

やがて肌は透き通り内臓は退化した
脳細胞も激減し眠りこけるかと思うと

突然起きだして騒ぎまくった
意識は薄らいだが満足度は高まった

孤立は深まり
だれひとり消息を知る者はなかった

老朽化した家屋が取り壊されたとき
無色無臭の抜け殻のようなものが発見された

光陰

まず姿を消す
次いで空を飛ぶ
水中を自在に動く
地下深く潜る

自分の容積を捨て
重量を落とし
遺伝子を抜き去り
生命を離れる

地球を七回り半

太陽へは近づきすぎず
アンドロメダを横目で
宇宙の果てまで到達する

単位は混乱し
座標は取り違え
史実は消え失せ
音量だけが増大する

色彩は無限に分割され
ピントは合わせきれず
流れの傍らで
呆然と立ちすくむ

任意の時と所で
忽然と姿を現し

居場所を見つけえぬまま
さまよい続ける光陰のしっぽ

流れのダンス

濫觴に口をつけ
よみがえった蝶は　たちまち舞い上がる
不規則な曲線を描いて
消え失せた方へと　後を追って　鱗片が飛び始める
水は波紋をなして　歌い始め　飛ぶものを導く
雨粒が落ちて　小川の面を打つ

なめらかな川底から

薄緑の苔が生え　流れのままになびく

大きく蛇行するはずみに　川べりはえぐられ　水は跳ね出す

たっぷりとした水量で

魚もすばやく泳ぎ回り　タニシやザリガニも憩う

もちろん針の先がぼんやり浮かんだり

甲高い声とともに　小さな手をひるがえす手もある

逃げようとするとき　流れは二つに分かれて　分岐点では戸惑う

ふと大きなアゲハチョウが　ゆったりとした模様を描くのが目に入る
風がひゅうひゅう　流れを波立てて　呼びかけるさなかに
　　やがていくつかの川が合流する地点にさしかかる
溢れ行く水がうねりながら　だれにともなく手を振り　蝶は再び見えなくなる

不死鳥

動きやまない風紋　とどまる塵　時折の豪雨
突然　オアシスが現れる
素性の知れないつがいの小鳥が眠りから覚める
さえずるくちばしでキスをかわす

円錐形がどこまでも広がり
まったく交信できない次元との境界線を描く

大きな葉が舞い上がる
乱れた気流に乗ってもみくちゃになるが
どこかの稜線に着地する

葉脈が読み取られる

今は昔、と唱えながら
流星群の流れ落ちる天空
どこまでも翼を広げて
一羽の不死鳥が飛び立つ

液体

あとからあとからあふれてくる液体
念入りに拭き取っても滲み出し
流れても流れやまない

逃れることはできないと
開きなおったつもりの夜更け
突然高熱と悪寒に襲われた

こんな辛苦には耐えられません
死んだほうがましです
さかさまに落ちる長大な物体の影

ここにはなにが生息しているのでしょうか
無意識の底にうごめく爬虫類のぬめりを
沈めよ沈めよ

艱難はだれかを玉にしたのでしょうか
乾いた光が届く窓辺に
多くの容器が液体をためていた

境界線

泥にまみれて逃げ回った後
藁の寝床で脳がふやけるほど眠った
疲れはとれたが腹が減って動けない

ふらつきながら戸を開けると
畑があってなにやら実っている
気が付けばキュウリとトマトを齧っていた

だれかの声がして食べるのをやめた
野良仕事のなりをした男が銃を向けている
無意識に両手をあげて立ち尽くした

行けと言われれば行くしかない
わずかに満たされた飢えと渇きが
火をつけた空腹が視界をあやうくした

夜になって今度は違う畑へ行った
とうもろこしもすいかもなんでも食い漁った
そのときがさごそする音が聞こえたが

腹が満たされる快感には抵抗するすべがなかった
持ち帰るためにと手当たり次第もぎとっていたとき
近くで威嚇する声が聞こえた

腕に抱えたまま走り出したとき
轟音が響いた　どうと倒れた
手には作物がしっかりと握られていた

パネル

夕日が長い影を落とし
大きなパネルを持った子供たちは
乱反射させた光を投影しあいながら
広場の敷石の上を不規則に歩いた

やがて日没が訪れ
三日月の光を遮るパネルは
子供たちを影に飲み込んで
銀色のにぶいつぶやきをもらした

夜更けに悪い夢を見てしまった子供たちが

泣きべそをかきながら寝床を抜け出してくる
小さな影は群がり青白くふるえている
そのときシンバルが割れるような音が聞こえて

とてつもない竜巻が襲ってくる
パネルが一斉に舞い上がり
慌てふためく子供たちの上に
真っ暗な平たい影が降ってくる

朝になると家々の窓から
寝ぼけ眼の子供たちの顔がのぞき
昨夜見た夢を思い出して広場に出る
パネルはかくれんぼ遊びをしているのか

逆ドミノ

積み木が倒れて
パチンコ玉が跳ねて
ふすまが倒れて
ボールが飛んで
バッターが打つと
的に命中
おもりが落ちて
ボタンを押して
四方八方坂道下る
うねりのままに
最下点を過ぎて

上り下りのその先に
五段の滝に飛び降りる
地震が来たら
仕掛けはずれる
途切れたねじの逆回転
地割れの深みを覗き込む
奴隷を並ばせ
寝ころばせたら
ご主人様の号令一下
みな起き上がれ
滝登れ
坂道上れ
おもりを上へ
戸板を起こせ
畳を立てて
ふすまも起こせ

パチンコ玉飛ばせ
積み木を起こせ
元通り

顔

たそがれ時の町はずれの道を
向こうから走ってくるものがいる
近づくにつれ影は濃くなり
すれ違う時にはほとんど輪郭だけしか見えない
通り過ぎようとしたとき閃光が顔に当たって
幼い子供であることがわかる
見たことのある顔だと思いながら
振り向くと子供はもう走り去ってしまっている

夜更けて家への道をとぼとぼと歩いていると
突然現れた者から声をかけられた

この先は土砂崩れで通行禁止になっている
Uターンした車のヘッドライトが顔を照らす
あまりにも見慣れた若者の顔だ
いったいここはどこなのか

真夜中過ぎて眠りについたあと
トイレに起きたついでにキッチンに行くと
窓際に立って外を見やっている何者かの姿が見える
自分自身がそこにいるような気がして
思わず水の入ったコップを取り落とした

朦朧とした意識の中で
枕元にいるひとの顔が目に入った
見たことのない顔のようだが
見たことがあるような気もする
まだ夜は明けていないようだ

抗しきれない眠気に襲われる
浮かない顔の風船が浮かび上がってきて
しきりにこちらに近づこうとする
目覚めれば周りにはだれもいない

至福

思い切り手足を伸ばして
深呼吸をして
いちばん遠いところへ心を飛ばし
いちばん深いところへわだかまりを捨てる

どこまでも視力がよくなり
声が届いて体が軽くなる
最後の息を吐ききったとき
体は透き通る

思うように空を飛べる透明人間だ

はじめは軽く足を蹴って浮き上がる
我が家の近所が真下に見える
ぐるりと旋回してみる

日本中を飛び回り
地球上も隈なく見た
透明なからだはますます膨張して
太陽へと接近してゆく

伸びきった体は質量もなく
色も匂いも声も感触もなくなる
だれにも別れをつげることもできないまま
太陽をつつむと完全蒸発した

さるすべり

長い竿を立てて枝にひっかかった風船をとろうとする
はるばると海を越えてたどり着いたのに
こんなところで終焉を迎えようとしている
赤い花がかわいらしく愛嬌をふりまくけれど
つるつる滑る木の肌はだれも登らせない
竿をつないでなんども取ろうと試みるが
枝や葉が邪魔をして風船まで届かない

もっとしっかりしたポールを持ってこよう

必死の覚悟をしてもそうそうポールが見つかるわけではない

幼い女の子が泣くのを無視できずに　たまたま通りがかりに
手助けをしようなどと変な気を起こしてしまった
引き揚げようとすると女の子は大きな声で泣きわめくのである
何の関係もないと弁解しようもなく
対策をあれこれ考えてみるがとりあえず思いついたポール
どこにポールはあるのだろうか

建築関係の資材取扱業者だろうか

電話番号簿をなんとか引っ張り出してこれぞと思う業者をさがす
手当たり次第に電話で問い合わせる
ポール　ポール　しつこさは報われた
タクシーでポールを買いに行ったが
現物を見てあきらめた　そんな長いポールは特注品だったし
高額すぎてとても手が出ない

そうだ、ロープがある、ロープなら手に入るだろう

名案が閃いて速攻でタクシーを拾って生活用品売り場へ急いだ
あった、あった、投げ縄に使えそうな手ごろなロープがあった
喜び勇んでタクシーをさるすべりの木へと急がせた
ロープをひっつかんで飛び降りた
おや、女の子がいない
さるすべりの上の風船もない
どうしたというのか
その辺を探し回ったが見当たらない

えーい、思わず、ロープをさるすべりの風船があったあたりに投げ上げた
なかなかうまく上がらない
えーい、えーい、えーい
やった、ロープが木の高いところへ届いた
引っ張ると赤い花がこすれて　花びらが幾枚か落ちてきた

それを拾って　もう一度あたりを見回し
さるすべりを後にした

耳の中でいつまでも女の子の叫ぶ声が響いた

観測

船が大きく傾いて体が海に投げ出された　藁をもつかむ本能でなんにでもすがりつこうとしていると　目の前に黒いかたまりが見えた　とっさにだきつこうとすると　なにかにぶつかった　人間のからだのような弾力だった　敏捷さにかけて負けるわけにはいかない　するりと抜けるようにかたまりに到達して手をかけると　いきなり引きずり込まれた　なにもわからなくなった

穏やかな真昼の海をゆっくりと漂うものがある　近づいてみると一枚の板切れだ　真新しい黄白色の木肌からは　特有の香りさえ嗅ぎとれそうだ　板切れの上にも下にもなにも見当たらない　このあとの潮流の変化は予測可能だ　ある地点で急激に北へと方向を変え　一気に北上するはずだ　観測はそこでターゲットを移しぐうっと手前にフェードアウェイして　旋回しいずこかへと飛び

始める

空気の薄い高地へと一気に上昇した観測からは　一切の視界が遮られている　凍傷を押して上り続ける決断を後押しする現地のシェルパ　この程度なら、いや、この程度では、と繰り返された押し問答　目の前を巨大な氷雪が流れ落ちてゆくと感じるのさえ　あてずっぽうだ　おやブリザードか　強風か　地吹雪か　空飛ぶ絨毯さえ吹き飛ばされそうになったが　おお晴れ上がった僥倖を無駄にせず　ひとりの小さな登山家がじわじわと頂上に向けて登る姿が見える

突然の磁気嵐　ＩＴ機器は狂って方向を示さない　錐もみ状の墜落の勢い余って　観測は地中深く突き刺さる　巨大なドリルが地下を掘り下げる　強靭な切羽が高速回転すると　泥も土も化石も岩もどろどろした液体もすべてが　抵抗するしないにかかわらず　木端微塵に吹き飛び　空洞の筒が出現する　さらに深く　深くとの指示に従えば　超高温高圧のマグマに突入して　地球奥深くへと乱入して　自転の周期が完全に狂ってしまった

月の軌道が乱れたと気づいた地球人が騒ぎ出した　多くの科学者が影響を予測したが確実な見通しは定まらなかった　地球は滅びるだろうか　地球は回復するだろうか　月と地球がふらつきよろめけば衝突するかあるいは飛び去るか公転軌道から外れたら　太陽系はどうなるのか　観測はこのところレポートすることも忘れて　おびただしい疑問に答えようと情報収集に努めていたが　西の空へと正体不明の飛行物体が飛び去ったのは確からしかった

散乱

大きな原色の玉が転がる
中ぐらいの中間色のテニスボールが転がる
小さなメタリックのボールが転がる
この巨大な球をゆすれば　方向が乱れる
太陽系をがたがた言わせれば　運動の法則が壊れる
銀河系をひっつかんでハンマー投げをすれば
あらゆる大きさと重さと色彩をした球体が
思い思いの方向へ飛び去る
滅びるときが来ることなどまるで忘れて
即興のダンスを踊っているかのようだ

スーパーマン

断崖から飛び降りた女を激突する寸前に両手で受け止める
踏切で電車の真ん前に身を投げた男を轢かれる寸前に抱き上げる
海面であっぷあっぷしている子供が海中に沈みこむ前に抱き上げる
銃弾が男の頭部に命中する寸前に弾き飛ばす
原爆が爆発する直前にはるか沖の洋上へ投棄する
餓死する直前の老人にあたたかなスープを飲ませる

悪性腫瘍の転移は時間をさかのぼらせる療法を導入する
わたしが母の胎内に宿る寸前のスペルマをつかまえる
広大な墓地に眠る霊魂をいっぺんによみがえらせる
ビッグバンから滅亡までを両手の幅に収めてパノラマにする

人形芝居

この極細の糸を切らないように注意して
何本もある操りのための糸の一本でも傷つけたら
人形はきちんと操れなくなるから

古いけれども精巧に作られた王子と王女
塗りなおしたり衣装をつくろったり
修復の作業は細心の注意を払って行う

もちろん悪魔と三人の手下どもも
顔の表情は念には念を入れ
憎たらしいしぐさができる細工も粒々

小さいけれど舞台装置も手は抜かない
声の調子を整えて準備は万端整った
客席には少年少女がいっぱい

幕が開いて王子と王女が歌いながら歩く
悪魔が草陰に身を潜めている
さあいよいよというときが迫っている

すべては順調に行っている
客席からは心臓の鼓動さえ聞こえてくる
白馬の騎士がやってくる

悪魔が襲いかかろうとしたとき
人形遣いが指をすべらせた
糸がからまり人形がもつれあって倒れた

芝居は中断され大慌てで修理しようとしたが
白馬の糸が切れてすぐには直らない
でも観客は大きな拍手で幕が閉まるのをたたえた

末子

亀の甲にマッチ箱を載せ
お尻をくすぐる

ゆっくりと進んでいく軌跡を
いつまでも追いかける

さとし君は末っ子だから
かけっこはびりっけつだが

起きて寝て起きて寝て
いつかは一番速くなりたい

いちばん上の兄が家出した
二番目の姉が戻ってきた

運動会に来てくれるのは誰だろう?
三番目の姉は外国に住んでいる

母はいないのか
どこかに住んでいるのか

おなかが空いてきた

二番目の兄は父がちがうらしいが
さとし君にはまだわからない

一、二、三を並べ替えてみたいけど

どうしていいのかわからない

家の中では大声で呼び合う声がすることがある
怖くなって机の下に隠れているうちに眠ってしまう

目が覚めると
知らないひとが食事だと言う

料理が食べられれば
なんだっていいよね

今頃亀はどの辺を歩いているだろうか

再生

古墳から発掘された一体のミイラ
手も足もなく　目も耳もなかった
最新の機器を使って断層撮影をし
体内の病気や傷の痕跡を調べた
碑文にも突き止める手がかりもない
いつしか放置されて埃をかぶっていた
あるとき新米の研究者がミイラに気づき
丁寧に埃を拭うと片時も離れず
あらゆる角度から調査をやりはじめた
ミイラに関する膨大なデータを突き合わせて
生存した時代や場所や身分など
徹底して可能性をしぼりこんでいった

光明は見えたかと思うとまた真っ暗闇となった
くたびれ切った研究者が眠り込んだとき
なにやら青い炎のようなものが現れ
研究者の頭部へと入り込んでいった
ミイラは小さいながら鮮明な映像の中で
次第に体様を変えていくのだった
はじめは屈強な若者
しだいに手足を失い
目や耳を失って
脳や内臓さえ病気に冒された
身動きも見聞きも話すこともできなくなったとき
かすかに脳波が揺らめくのがわかった
笑う時の波形が観測された
研究者は目覚めて
たった今見た夢のような動画を
忘れないうちに保存しようと思った

カーブ

スピードを出しすぎればコーナーを曲がりきれず
大きくコースからはみ出してしまう

ストレートがめっぽう速くても
カーブができなきゃ埒外へ飛び出してしまう

縦に落ちたり　横にずれたり
斜めに曲がったり　浮き上がったり
ゆらゆらしたり

何度も何度も繰り返しているうちに

信じられないような具合でカーブに沿って曲がっていく

この感覚を忘れないようにと
全身を記憶装置にして走行し続ける

一度走った道ならなんとかなるだろう
リピート機能を全開にしてハンドルを切る

予知機能を発動する手もあるだろう
アラームはうるさいが衝突は避けられる

スクリーンが何枚もあって重なり合っている
どこに現実があるのか見定められない

サーチ　選択　決定　再生　リセット
巻き戻しも早送りもできない映像はどれだ?

ある日

ある日ざわめく心の影がすっと外部へと延びていくのに気付いてあわててそれを引き込もうとしたが　つかみどころのないゴムかクラゲのようにぐんにゃりして手におえない。こんなに薄汚く役に立ちそうもない無用の長物など一刻も早く回収しなければならない。わき目も振らず無駄にも思える作業を続けてみたが　成功の糸口さえ見いだせぬまま時間だけが過ぎて行った。ふとかたわらに何者かが立ち止まりこちらをじっと見ているのに気付いた。視線の片隅には感じたもの知らぬふりをしてさらになんとかしなければとの思いが募り徒労のような作業を継続した。時間さえ長物に溶け込むかと感じられるほど長い時間がたったと思えた。かたわらの者はあまりにじっと見続けるのでついそちらに目をやったとたんにすっとその者（たぶん女のようだったが）が駆け寄り長物に身を投げた。次の瞬間その者の姿は消え　続いて長物がしゅっとかすかな音とともに引っ込んだ。だが　心はそれからいっそうさわがしくなり　これから襲ってくるであろう身震いのするようないまわしい光景にうなされはじめた。

真っ白

地吹雪の道は消え　野原も山も境目がなくなっている
わずかに家の屋根のかたちが見えるともなく見えるが
白い色が均一に降り積もり濃淡がないままの視界だ

このままということはないだろう　時間さえ積もってしまいそうだが
うつむき加減に一歩一歩前進を続ければ
どんなに暗い空でも白一色を消してくれるだろう

だれのからだかもあいまいになってきて
だれの意識かも不確かになってくる
熱く雪を溶かす体温も下がりつづけてきた

立ち上がり一気に雪を払った真っ赤なコートを振り回す
つもりになるが　凍てついた手足は言うことを聞かない
うずくまった体は固く凍りつき白い輪郭になる

もちろんみんな了解している　今じっとして
地吹雪をやり過ごせば　隠れていた青赤黄
一切の色彩が飛び出すことを　じっとして待っていれば

あとがき

この詩集『レジリエンス』は、読者が落ち込んだ時に気持ちを明るくしてくれる、たとえばやじろべえや起き上がりこぼしのような役割を果たせるものであることを祈りつつとりまとめた。

長く詩を書いていても詩作の極意みたいなものはわかりようがないと感じる。ただその時々に感じたことを素直に書き留め続けることができるだけだと思う。それらの詩篇がまとまることで自分とは離れた独立した存在となるのは不思議な感じがするが、詩作の妙味はそんなところにあるのだと思う。

生まれてから死ぬまでの不確実きわまりない人生を送る中で感じる喜怒哀楽や虚無感と無縁な者はいないだろう。酔生夢死という言葉が示すような実感が自分にもある。身近なひとびととの別れに遭遇すれば人の命のはかなさも一入である。

新型コロナウイルスが猛威を振るう中で人類全体が生命の不安を感じざるを得ない状況に象徴されるように、生きることには苦難が満ちていることは否定しようもないが、気は持ちようだということもまた真実だろう。病床にあるひとに小鳥の囀きが聞こえたり、避難所に笑いを届けるボランティアが訪れたり、耳の不自由なひとたちに少女たちがダンスを披露したり、一人暮らしのお年寄りに近所のひとが誕生祝いに花を届けたり、ひとの心の暖かさを実感できる出来事は枚挙にいとまがない。

ややもすれば不安や苦悩や絶望に苛まれがちの人間にとって娯楽は不可欠だが、娯楽は必ずしもお笑いや快適さのみに見出されるものではなく、広い意味では悲劇、ホラーやエログロ、ナンセンスもまた人の心に慰めや救いを与えうるものであるだろう。

この詩集にはさまざまなスタイルの詩篇を収めているが、詩集全体としてエンターテインメントとして読者に楽しんでもらえるならば著者としてそれに勝る喜びはない。詩を含め文学や芸術に効用があるとすれば、粋を凝らした表現技巧が鑑賞者の心を揺さぶり喜びと感動を与えることだと言えると思う。

最後に、この詩集の作成にあたっては、思潮社の小田康之氏をはじめ、出本喬巳氏及び和泉紗理さんに格別にお世話になった。ここに記して厚く感謝の意を表したい。

二〇二二年三月　　南原充士

著者略歴

一九四九年茨城県生まれ。一九七二年東京大学法学部卒。既刊詩集に『笑顔の法則』（二〇〇五年、思潮社）、『タイムマシン幻想』（二〇一〇年、洪水企画）、『にげかすもきど』（二〇一三年、洪水企画）、『永遠の散歩者 A Permanent Stroller』（英和対照詩集、二〇一四年、洪水企画）など十四冊が、既刊小説に『喜望峰』（二〇二〇年、Kindle版）など八冊がある。

レジリエンス

著者
南原充士《なんばらじゅうし》

発行者
小田久郎

発行所
株式会社思潮社
〒一六二－〇八四二　東京都新宿区市谷砂土原町三－十五
電話　〇三（五八〇五）七五〇一（営業）
　　　〇三（三二六七）八一四一（編集）

印刷・製本所
三報社印刷株式会社

発行日
二〇二一年七月十五日